堅果

地形圖

步道路線圖

U0009878

獻給芬、布萊和摩根
以及世界各地的小小健行家

特別感謝
珍妮‧提爾森、史考特‧庫魯斯

Exploring 005

遠足 THE HIKE

作者｜艾莉森‧法雷爾 Alison Farrell
譯者｜羅吉希

**字畝文化創意有限公司**

社　　　長｜馮季眉
責任編輯｜陳曉慈
編　　　輯｜戴鈺娟、徐子茹
美術設計｜陳俐君

**讀書共和國出版集團**

社　　　長｜郭重興
發行人兼出版總監｜曾大福
業務平臺總經理｜李雪麗
業務平臺副總經理｜李復民
實體通路協理｜林詩富
網路暨海外通路協理｜張鑫峰
特販通路協理｜陳綺瑩

印務協理｜江域平
印務主任｜李孟儒

發　行｜遠足文化事業股份有限公司
地　址｜231 新北市新店區民權路 108-2 號 9 樓
電　話｜(02) 2218-1417
傳　真｜(02) 8667-1065
電子信箱｜service@bookrep.com.tw
網　址｜www.bookrep.com.tw

法律顧問｜華洋法律事務所　蘇文生律師
印　製｜通南彩色印刷股份有限公司

2021 年 9 月　初版一刷
定　價｜350 元
書　號｜XBER0005
ISBN 978-986-5505-60-8

國家圖書館出版品預行編目（CIP）資料

遠足 / 艾莉森．法雷爾 (Alison Farrell) 文．圖 ; 羅吉希譯．
-- 初版 . -- 新北市 : 遠足文化事業股份有限公司字畝文化
出版 : 遠足文化事業股份有限公司發行 , 2021.09
54 面 ; 25.4×21.59 公分 . -- (Exploring ; 5)
譯自 : The Hike
ISBN 978-986-5505-60-8 ( 精裝 )
874.596　　　　　　　　　　　　110003712

**THE HIKE**
by ALISON FARRELL
Copyright: © 2019 by ALISON FARRELL
This edition arranged with
CHRONICLE BOOKS LLC
through Big Apple Agency, Inc., Labuan, Malaysia.
Traditional Chinese edition copyright:
2021 WordField Publishing Ltd.,a Division of WALKERS CULTURAL ENTERPRISE LTD.
All rights reserved.

# 遠足

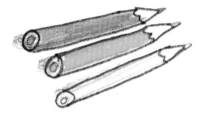

艾莉森·法雷爾 ALISON FARRELL 著

羅吉希 譯

北美白眉山雀

我們要去遠足了！

蕾恩　　　艾兒　　　海蒂　　　豆豆

熊蜂

毛蕊花

魯冰花

赤狐

巴克山

花栗鼠
東美

暗冠藍鴉的羽毛

雪莓

我(ㄨㄛˇ)們(ㄇㄣˊ)超(ㄔㄠ)愛(ㄞˋ)遠(ㄩㄢˇ)足(ㄗㄨˊ)！

樹(ㄕㄨˋ)節(ㄐㄧㄝˊ)孔(ㄎㄨㄥˇ)

小(ㄒㄧㄠˇ)斑(ㄅㄢ)頭(ㄊㄡˊ)鵂(ㄒㄧㄡ)鶹(ㄌㄧㄡˊ)

穗(ㄙㄨㄟˋ)鳥(ㄋㄧㄠˇ)毛(ㄇㄠˊ)蕨(ㄐㄩㄝˊ)

鮭(ㄍㄨㄟ)莓(ㄇㄟˊ)

常(ㄔㄤˊ)春(ㄔㄨㄣ)藤(ㄊㄥˊ)

一一開始ㄕ，我ㄇ們
像ㄒ瘋子ㄗ一一樣向ㄒ前ㄑ衝ㄔ！

直到發現路邊有刺莓，
我們才放慢腳步。

花旗松大樹枝

美洲西部
大蟾蜍

艾兒還教我們
用刺莓葉做小籃子。

蕾恩的素描本

刺莓葉小果籃
（艾兒教我們的）

① 找到有
五個完整
葉端的
葉子

② 葉柄插進
中間的葉端

③ 一一一插進
其他葉端

④ 在籃子
裡放進
刺莓

山路變得又陡又窄。

豪豬爬上雪松樹

空心樹

香草葉

金蛛

有隻鹿剛剛走過這條路。
豆豆興奮的聞個不停。

黑色
羊肚菌

白珠樹

一眨眼，那隻鹿就不見了。
咦？是不是我們眼花了？

小雨下一下又停了。
我們可以清楚聽到鳥兒在樹林間吱吱喳喳，牠們好快樂啊。

海蒂！這條才是我們剛剛要找的河，對不對？

急流螺

山地柱白鮭

海蒂覺得累了，
艾兒答應背著她走。

你說什麼？
我們
聽不見。

我說，還有
半小時就可以
到山頂咯。

牛肝菌

香蕉蛞蝓

渡鴉

傾瀉而下
的瀑布

很快的，艾兒也累了。

在山頂上，蕾恩揮舞她的小旗子，艾兒朗讀她寫的詩，海蒂讓一路撿來的羽毛隨風飛舞。

我（ㄨㄛˇ）們（ㄇㄣˊ）做（ㄗㄨㄛˋ）到（ㄉㄠˋ）了（ㄌㄜ）！

雙子座

御夫座

英仙座

昴宿星團

金牛座

獵戶座

飛馬座

大波斯菊

## 今天我還看到：

暗冠 藍鴉

- 聰明
- 聒噪
- 鴉科家族其他成員：
  烏鴉、渡鴉、喜鵲、松鴉

BARRED OWLETS
橫斑鵂鶹

海蒂說那些鵂鶹的聲音，
好像在說：

誰餵你吃蟲？

誰餵你們吃蟲？

噓⋯⋯她為什麼一直問誰餵我們吃蟲？根本沒人餵我們！

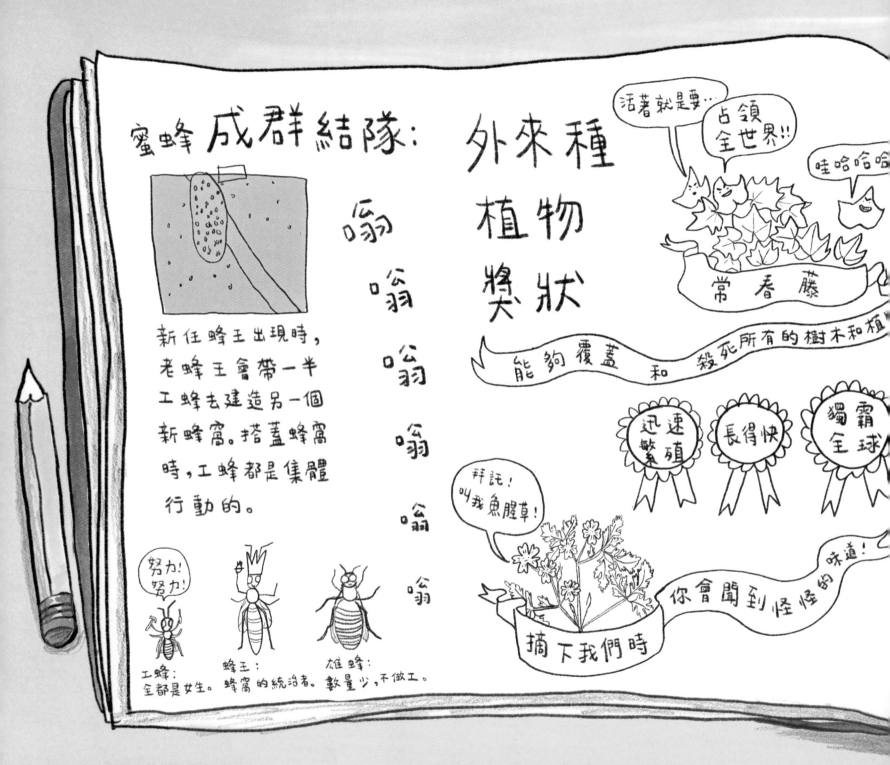

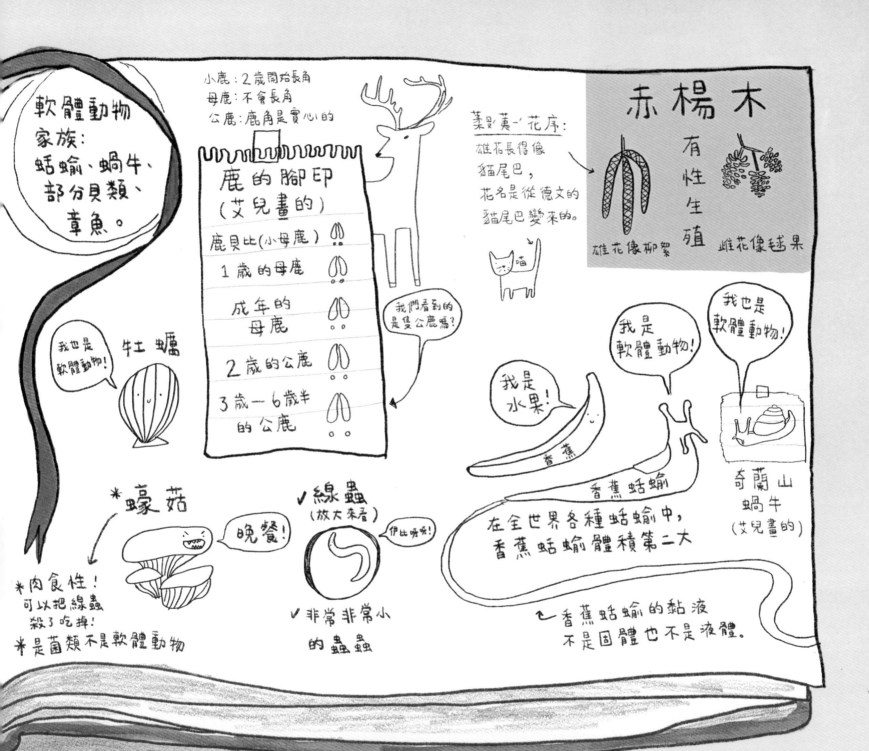

 ❊ 雪莓 又被稱為 鬼莓 BOO

🐦 → 覺得美味

👩 → 吃了中毒

Vanilla Leaf 香草葉

散發的氣味
可驅蟲!

乾燥處理後
可泡好喝的
香草茶!

Redwood Sorrel 酢漿草

酸酸的

可以吃

像檸檬

葉子的形狀像3顆♡

horsetail 馬尾草

又被稱為

杉葉蕨 →

繁殖靠孢子
而不是種子

我是活化石!❊

❊ 大約在30億年前
的古生代我就存在了

馬尾草的莖
很粗,

可以用來刷鍋子。

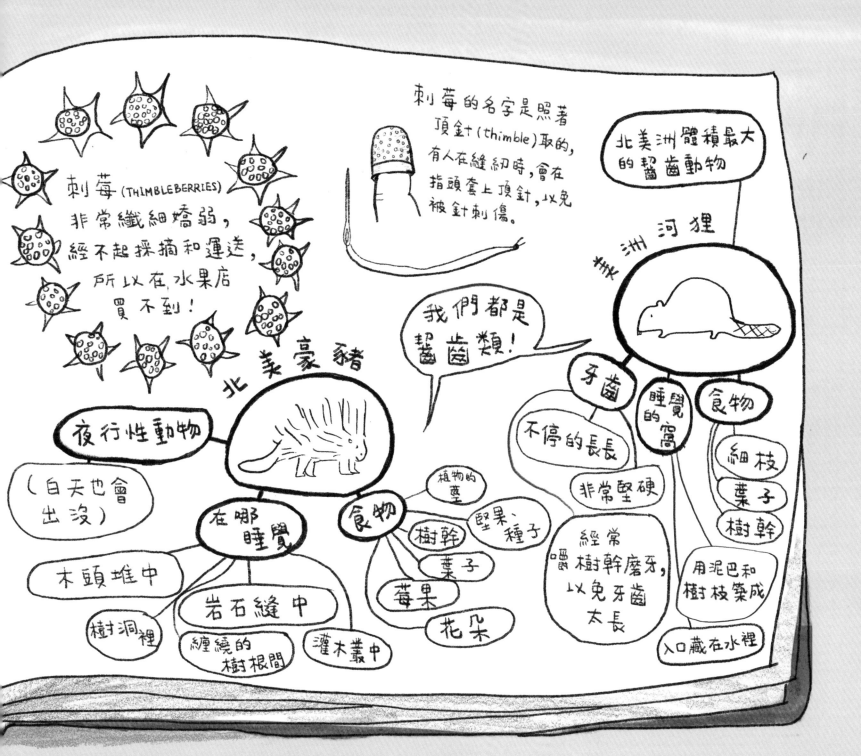

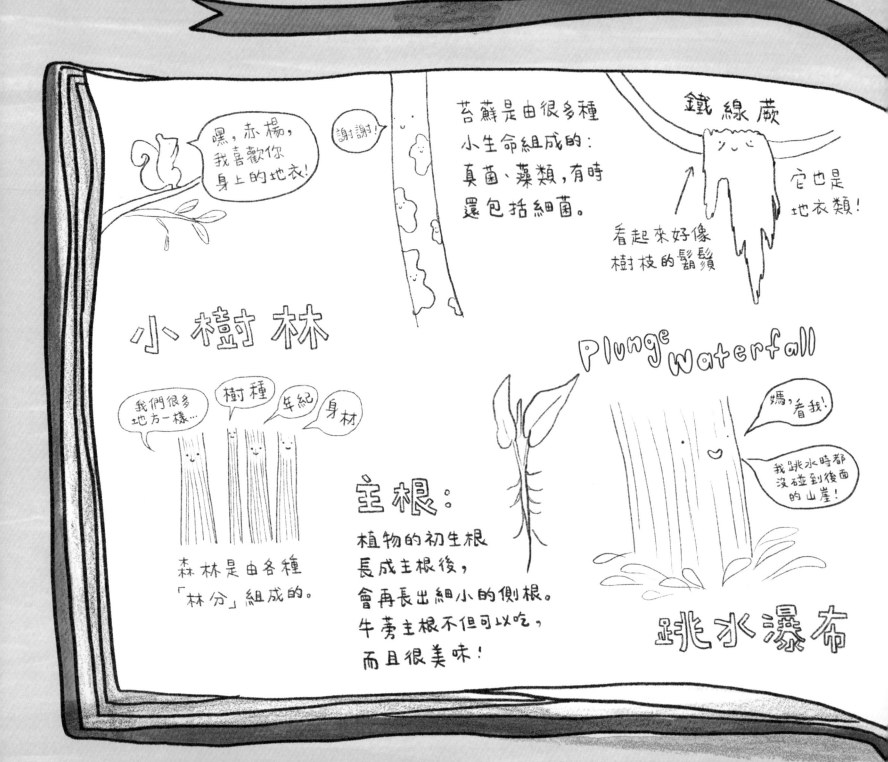